Aud

MW00902898

Les éditions de la courte échelle inc.

Jean-Marie Poupart

Né en 1946, Jean-Marie Poupart a fait des études en littérature. Il donne des cours de français dans un collège et, pendant de nombreuses années, il a été chroniqueur littéraire à Radio-Canada. Il écrit beaucoup, il lit beaucoup et il voit beaucoup de films. Il a d'ailleurs participé à la rédaction du *Dictionnaire du cinéma québécois.* Et il a aussi écrit quelques scénarios.

Amateur de jazz et de blues, Jean-Marie Poupart adore faire de longues promenades en écoutant des cassettes sur son walkman. Il a publié plus d'une vingtaine d'ouvrages. Et près de la moitié de ces livres sont destinés aux jeunes. *Le nombril du monde* a été traduit en danois.

Des pianos qui s'envolent est le cinquième roman qu'il publie à la courte échelle.

Francis Back

Né à Montréal, en 1959, Francis Back a étudié l'illustration en Suisse, à l'École des Beaux-Arts de Bâle.

Passionné par l'histoire du Québec, il a travaillé à des livres et à des films historiques. Il aime aussi illustrer des livres jeunesse. Ça lui permet de donner libre cours à son imagination et à son sens de l'humour.

Des pianos qui s'envolent est le deuxième roman qu'il illustre à la courte échelle.

Du même auteur, à la courte échelle

Collection albums
Nuits magiques

Collection Roman Jeunesse
Des photos qui parlent

Collection Roman+
Le nombril du monde
Libre comme l'air
Les grandes confidences

Jean-Marie Poupart

DES PIANOS
QUI S'ENVOLENT

Illustrations
de Francis Back

la courte échelle

Les éditions de la courte échelle inc.

Les éditions de la courte échelle inc.
5243, boul. Saint-Laurent
Montréal (Québec) H2T 1S4

Conception graphique:
Derome design inc.

Révision des textes:
Odette Lord

Dépôt légal, 3e trimestre 1992
Bibliothèque nationale du Québec

Données de catalogage avant publication (Canada)

Poupart, Jean-Marie, 1946-

    Des pianos qui s'envolent

    (Roman Jeunesse; RJ 37)

    ISBN: 2-89021-173-8

    I. Back, Francis. II. Titre. III. Collection.

PS8581.O85P52 1992   jC843'.54   C91-096936-1
PS9581.O85P52 1992
PZ23.P68Pi 1992

Chapitre I
Plutôt courte, la leçon de piano

Depuis le début de l'année, Carole, la bibliothécaire, essaie de me faire lire de la fiction. Elle adore les romans. Chaque semaine, elle me suggère des titres et elle est certaine que je vais finir par me laisser gagner par son enthousiasme.

— Jette un coup d'oeil à ça, Phil.

Pour ne pas la vexer, j'ouvre le livre qu'elle me tend. C'est *Croc-Blanc* de Jack London. Je tourne les pages avec nonchalance, je parcours quelques paragraphes. Dans mon dos, Carole m'épie.

— Tu devrais apprécier la fougue d'un auteur comme London.

Je remets le roman sur le comptoir.

— Une autre fois...

Que voulez-vous, moi, j'aime mieux les documentaires que les histoires inventées.

Je décide d'ailleurs d'emprunter un album sur les prisons anciennes.

Les illustrations sont merveilleuses. Une vraie splendeur!

Je me dirige vers la sortie en consultant la table des matières. De la hanche, je pousse la porte. Je fais deux pas dans le corridor et j'entre en collision avec Carmen qui s'en va à son cours de piano.

Carmen a le même âge que moi. Douze ans. Sur la joue, elle a une cicatrice en forme de fossette. À l'époque où on était à la maternelle, elle piquait des bonbons. Elle a été attaquée par un chien de dépanneur. Carmen était voleuse, oui.

Je comprends ça... Sans être dans la misère, ses parents tiraient le diable par la queue. Sa famille, qui vient du Salvador, n'habitait le quartier que depuis six mois quand l'accident s'est produit.

Ouvrez un atlas et cherchez le Mexique. En bas du Mexique, vous avez le Guatemala. En bas du Guatemala, vous avez quoi? Le Salvador. Sur la carte, c'est un tout petit pays. Pourquoi pensez-vous que je vous ai dit de repérer d'abord le Mexique?!

Une partition dépasse du blouson de Carmen. Je me penche pour lire ce qui y est écrit.

— *White Christmas...* I. Berlin, c'est le compositeur?

— I., c'est Irving. Irving Berlin. Les éditeurs de musique mettent seulement l'initiale du prénom. Tu connais *White Christmas?*

Carmen me chante quelques mesures. Ça me rappelle vaguement quelque chose... Je fredonne avec elle un bout de la mélodie. Elle me plaque la main sur la bouche.

— Ça ne s'arrange pas, Phil, tu fausses toujours autant.

J'écarte sa main pour cracher un flocon de laine.

— Pouah! tes gants perdent des poils.

Carmen les ôte et les glisse dans ses poches.

— Cette semaine, c'est *White Christmas.* La semaine prochaine, ce sera *L'enfant au tambour.* Je me prépare pour les fêtes. Si ça te tente, tu peux venir avec moi.

J'ai eu la chance d'assister à quelques-uns de ses cours. J'ai même photographié Carmen avec sa prof, une grande blonde qui sent la lotion à bronzer. On est au milieu de l'automne et elle sent encore la

12

lotion à bronzer. Hum! je ne m'en plains pas, c'est plutôt agréable...

D'habitude, je m'apporte un livre et je me case dans un coin, à califourchon sur une chaise, le menton appuyé sur le dossier. Là, j'ai mon album. Si les gammes de Carmen m'ennuient, pas besoin d'être sorcier pour deviner ce que je vais faire.

En septembre, Carmen a commencé sérieusement à apprendre le solfège. C'est récent. La directrice de l'école dit qu'elle est très douée et que ses progrès sont prodigieux. Flatteur, non?

Il faut souligner qu'avant d'émigrer au Québec, le père de Carmen jouait du piano dans un cabaret au Salvador. À présent, il est messager et il parcourt la ville dans sa minuscule auto rouge. Officiellement, Carmen n'a pas eu de professeur avant cette année, mais son père lui a enseigné plusieurs trucs du métier.

— Regarde qui vient.

C'est Max. Il sort du gymnase. Il porte son survêtement mauve. Avec ses cheveux en balai-brosse et son épingle verte plantée dans le lobe de l'oreille, il pense qu'il a fière allure et qu'il nous impressionne.

— Où vous allez?

— C'est mon heure de piano et j'ai invité Phil.

— Ça ne dérange pas que j'aille avec vous?

Même si Max est sourd à soixante pour cent, dès qu'il voit Carmen marteler les touches du clavier, il tombe en extase.

— Quand tu t'appliques à jouer, Carmen, tu as un petit air snob qui te va à ravir. Je ne me moque pas de toi. Phil est d'accord. Tu es d'accord, hein? Elle a un petit air snob qui...

— Ne fais pas l'épais, Max! Tu as beau ne pas entendre les notes, tu sens les vibrations, tu sens la cadence...

— Je ne l'ai jamais nié! me répond-il. Maintenant que tu as ton walkman, toi, tu te prends pour le grand mélomane de la classe!

Il fait allusion au cadeau que j'ai reçu d'Anna, un walkman jaune aux écouteurs noirs.

Anna est la blonde de Robert, mon grand frère.

Comme je suis fils unique, il y en a qui doivent se demander comment j'ai fait pour me dénicher un grand frère. C'est simple: la travailleuse sociale a envoyé mon dossier aux Grands Frères. Cet organisme fournit une «présence masculine adulte» à des gars de mon âge.

J'étais sûr que ça allait être de la bouillie pour les chats, mais j'ai rencontré Robert et j'ai changé d'opinion.

Robert est détective dans une agence.

— Il enquête sur les disparitions d'enfants?

Max s'est planté devant moi pour me poser sa question.

— Oui, quand les familles croient que

la police abandonne trop vite ou qu'elle se traîne les pieds.

— Il enquête aussi sur les disparitions de parents? enchaîne Carmen alors qu'on arrive dans la vieille partie de l'édifice, celle où se trouve la salle de musique.

Elle et ses gros sabots!

Savoir ce qu'est devenu mon père, ça ne m'intéresse pas. Carmen est incapable de saisir ça, on dirait. Il peut vivre à Tombouctou, mon père, il peut être mort, je m'en fous! Lui, est-ce qu'il se soucie de moi?!

— Arrrrrrh!

— Modère-toi, Phil, respire par le nez! Ça m'a échappé. Je...

Carmen n'est pas en panne de vocabulaire. Quand elle ne finit pas sa phrase, c'est qu'elle choisit de se taire. Max me tire par la manche. La prof et la directrice gesticulent dans le couloir. Il y a de la fébrilité dans l'air. Et ça sent la lotion à bronzer.

— Qu'est-ce qui se passe?

— Le piano a disparu!

Disparu?! Par la porte entrebâillée, j'avance la tête, je vérifie. En effet, je vois un espace vide.

C'est la prof qui, après être entrée dans la salle pour y installer son métronome et ses cahiers, a constaté qu'il manquait quelque chose. Quelque chose d'assez important...

— Il ne s'est quand même pas volatilisé, murmure-t-elle en contemplant la fenêtre. C'est un gros instrument.

— J'y songe... Le personnel d'entretien s'est peut-être lancé dans le grand ménage d'automne sans m'avertir.

Pour en avoir le coeur net, la directrice et la prof font le tour des bureaux voisins.

— Rien?

— Rien!

Carmen prend sa partition et la déchire en deux, quatre, huit, seize, trente-deux... Même si la réaction de ma copine n'est pas des plus brillantes, elle s'explique facilement.

La directrice a les yeux ronds.

— Très intelligent comme comportement!

Max prend la défense de Carmen.

— Quand on est exaspéré, madame, transformer en confettis une partition de *White Christmas,* ça soulage, ça calme...

— L'inconvénient, c'est qu'il faut ramasser les morceaux.

— L'inconvénient? Au contraire, c'est ramasser les morceaux qui soulage le plus. La colère n'est pas votre matière forte, vous!

Pour éviter de pouffer, je pose par terre mon album sur les pénitenciers, je me mets à quatre pattes et, avec l'aide de Carmen, j'essaie de reconstituer la chanson d'Irving Berlin.

Chapitre II
Travail d'experts

Dans la cour de l'école, tout le monde parle du vol du piano.

L'opération s'est déroulée tambour battant, il faut le mentionner.

— Tambour quoi? me demande Max.

— En un temps record, si tu préfères.

Lundi soir, un camion a klaxonné devant l'entrée principale. Le concierge n'a pas tardé à sortir. Les gars, trois armoires à glace, venaient déménager le piano pour le concert de vendredi au petit collège.

Le concert... Quel concert?

Le concierge a voulu appeler la directrice. Les déménageurs lui ont dit que ce n'était pas nécessaire, puisqu'ils avaient l'autorisation du président de la commission scolaire. Ils lui ont montré un papier où apparaissait une signature illisible.

Pourtant, les gars semblaient tellement professionnels que les soupçons du concierge se sont dissipés en dix secondes.

Ils étaient équipés de leviers, de treuils, de sangles...

De plus, leur histoire tenait debout, car on échange du matériel avec les écoles des environs. S'il y avait un récital vendredi, c'était logique de mettre le piano à la disposition du petit collège.

Le concierge a prêté main-forte aux trois gars et ils l'ont bien remercié. Évidemment, il se reproche de ne pas avoir été plus méfiant! Travail d'experts, travail impeccable...

La directrice a prévenu les policiers qui lui ont fait sentir poliment qu'ils avaient des problèmes plus urgents à régler. Les cours de piano sont suspendus pour une période indéterminée et Carmen en est tout attristée.

J'ai persuadé Robert de consacrer ses fins d'après-midi à l'affaire. Bénévolement, oui... Avec quoi on payerait ses factures?

Il y a un centre commercial à proximité de l'école. C'est devenu notre quartier général. On attend Robert dans l'entrée. On a presque un quart d'heure d'avance parce que la classe de maths a été abrégée.

— Comme il n'y a pas de cours de

piano pour un bout de temps, déclare William, pourquoi ne pas revenir à la charge avec les cours de mime?

— Bonne idée!

Il y a Carmen, Max et moi. Il y a aussi William, le quatrième mousquetaire. Je connais des profs qui nous accusent d'en avoir fait notre souffre-douleur. Ils se trompent.

William a un surnom, le Thon, qui ne correspond pas à son image. Le thon est un poisson gros et lent. William a toujours été maigre et agité. Il mange à sa faim mais il bouge tout le temps, alors il brûle des tonnes de calories.

De nous quatre, c'est le plus turbulent. Un cours de mime lui conviendrait à merveille. Comme ça, il mesurerait l'énorme quantité d'énergie qu'il dépense pour rien et il serait forcé de se ménager.

Si le cours était offert, moi, je m'inscrirais. Le mime est une discipline mentale. Mentale et physique. J'ai lu ça dans un livre.

À la rentrée, j'ai accompagné Max chez la directrice.

On avait une demande très précise. On voulait qu'il y ait un atelier d'expression

corporelle parmi les activités parasco-
laires. Max avait même recopié le nom
du prof qui enseignait le mime à l'école
où il étudiait avant de venir ici. Le projet
n'a pas marché.

À propos de William, il a une nouvelle
manie. Il se promène avec des dominos
dans les poches. Ah! ça ne m'étonnerait
pas qu'il en ait sur lui un jeu complet.
Toutes les cinq minutes, il sort deux plaques et les fait s'entrechoquer. Ça l'amuse. Ça l'amuse d'autant plus que ça nous
agace.

— Épargne-nous les tympans!

La semaine dernière, on a eu un travail
de français assez original.

Chacun rédigeait le premier chapitre
de son autobiographie. Moi, j'ai parlé de
mon grand-père qui fabriquait des loco-
motives. Ma note? Quatre-vingt-dix pour
cent.

Malgré les fautes d'orthographe, le
Thon aussi a obtenu quatre-vingt-dix.
Son texte commençait par le portrait
d'une femme enceinte. Un paquet de
nerfs! La femme accouchait d'un préma-
turé qui changeait trois fois d'hôpital et
qui gagnait des concours de grimaces

dans les pouponnières.

Le bébé, c'était lui, c'était William.

On a applaudi quand il a lu sa composition devant la classe. Il s'attendait à faire scandale. Au contraire, la prof l'a complimenté pour son audace et ses talents de comique.

N'exagérons rien, le Thon n'a pas hérité de tous les tics de sa mère... N'empêche qu'un cours de mime ne lui ferait pas de tort!

Ce que je traîne dans mes poches, moi, ce n'est pas un jeu de dominos, mais des cassettes de blues que Robert m'a prêtées. Et je profite de la rencontre d'aujourd'hui pour les lui rapporter.

— Montre-nous, Phil, montre-nous...

Depuis que j'ai mon walkman, j'ai envie de découvrir différentes musiques... Maman ne me reconnaît plus.

Ça ne veut pas dire que j'aime tous les genres. Les airs que Robert écoute, par exemple, sonnent trop folklore pour moi. Quand Carmen m'invite chez elle, on met du classique. En général, le classique me séduit plus que le blues.

Carmen examine mes cassettes une à une et les dépose sur le banc où elle est assise. Max et elle traduisent à haute voix les titres des pièces. Ça divertit William qui ne se gêne pas pour le manifester.

— *La fille de la porte d'en arrière... Nuit noire... Ragoût de rognons... J'ai mal à la tête, j'ai mal au coeur...*

Je perds patience et je récupère les cassettes éparpillées.

Max toussote. William fait claquer ses plaques. Carmen se lève et s'approche de moi.

— Tu permets, Phil, que je te pose une question indiscrète? C'est au sujet de Robert. S'il tenait tant à s'occuper d'un jeune, pourquoi il n'en a pas fait un à Anna? C'est plus naturel que de s'enrôler dans les Grands Frères!

— Anna ne peut pas avoir de bébé.

— Elle ne peut pas ou elle ne veut pas?

— Elle ne peut pas. Enfin, je ne connais pas tous les détails... Tu fais ta fouine, là!

— Et Robert?

— Quoi, Robert?

— Est-ce qu'il peut, lui?

— Tu m'embêtes avec tes...

— Je m'informe. On a le droit de

s'informer. On est dans un pays libre.

— Tu n'as qu'à le lui demander, il arrive!

— Me demander quoi? fait Robert tout en déboutonnant son manteau.

Carmen rougit jusqu'à la racine des cheveux.

Chapitre III
Le père de Carmen

Robert récapitule pour nous ce qu'il a appris en interrogeant le concierge. Max, qui a pour principe de se servir le moins possible de son appareil auditif, ne le quitte pas des yeux.

J'aime voir mon ami Max s'installer en face des gens pour ne rien perdre du mouvement de leurs lèvres.

— Le concierge a trouvé les trois gars très délicats, dit Robert. Le piano n'a sûrement pas été égratigné pendant le déménagement.

Carmen soupire.

— C'est un piano à la santé fragile, un piano sensible aux variations de température. Une fois, j'ai éternué en soulevant le couvercle et il a attrapé mes microbes. Le lendemain, il était désaccordé. Do, ré, mi, flop!

— Sol, la, si, dong!

— Vous manquez de sérieux, gronde

Max. Est-ce qu'il y avait un nom sur le camion?

— À cause de l'obscurité, le concierge n'a rien remarqué. Probablement un camion loué...

— Ou emprunté sans que le propriétaire le sache!

— Loué, réplique Robert, c'est moins compliqué. J'ai aussi parlé à la directrice. Elle a communiqué avec d'autres administrateurs du réseau. Si vous mettez ensemble Montréal, Laval et Longueuil, depuis l'été, il y a eu une quinzaine de vols de pianos dans la région.

Carmen sursaute.

— Mon Dieu, c'est une épidémie!

William, lui, semble absent. Je l'apostrophe.

— Hé! le Thon, suis-tu!?

— Il y en a qui pensent tout haut et d'autres qui pensent tout bas, déclame-t-il en pointant son index sur mon sternum.

— Tu oublies, ajoute Max, ceux qui ne pensent pas plus loin que le bout de leur nez... Continue comme ça et on va te classer dans la troisième catégorie.

William se renfrogne.

— Mais non, fait Robert en lui secouant vigoureusement la manche.

On entend un roulement de castagnettes.

Carmen s'esclaffe.

Max fronce les sourcils.

Robert ne comprend pas ce qui se passe.

— Il faut que je t'explique. Le Thon trimbale ses dominos.

— C'est donc ça, le clic-clac-clic-clac... Et qui joue le mieux de vous quatre?

— Ça dépend...

— Je suis le champion! crie William.

Robert lui tapote l'épaule.

— Moi, ce que j'ai dans mes poches, c'est du liquide.

— Du liquide!?

— De l'argent!

Robert sort une poignée de monnaie et quatre billets de vingt dollars tout chiffonnés.

— Je boirais un café... Je vous rapporte quelque chose? Du jus? Du lait? Du chocolat chaud?

Je fais non de la tête. Les trois autres se taisent, trop intimidés pour lui demander quoi que ce soit. Trop intimidés ou trop orgueilleux? Bah! tant pis pour eux...

À son retour, Robert se lance dans le récit d'une enquête qu'il a menée il y a trois ans dans une entreprise de transports de la zone sud-ouest.

La compagnie d'assurances soupçonnait les employés d'abîmer la marchandise. En effet, ils brisaient parfois des caisses pour faire croire que le contenu en avait été endommagé. Les assurances payaient. Ils se débrouillaient ensuite pour écouler leur stock dans les brasseries, les bars et les tavernes.

— C'était quoi?

— Il est froid, ce café-là!

Robert vide son gobelet d'un trait et, sans viser, l'expédie au milieu de la poubelle.

— Bravo! Comme stock, c'était quoi?

34

— Des calculatrices, des téléphones, des polaroïds, des rasoirs électriques, des fours à micro-ondes...

— Il y a eu des arrestations?

— C'est moi qui ai démasqué les coupables. Ils ont signé des aveux. Ils ont juré de rembourser ce que les assurances avaient versé en indemnités. Dans les circonstances, c'était la meilleure solution.

Carmen est indignée.

— Ils n'ont pas été punis?!

— Punis? J'aurais pu les livrer à la police. Ça m'aurait avancé à quoi? Là, ils ont réparé leurs torts. Six mois après, j'ai revu le chef de bande pendant un stage d'initiation aux arts martiaux. Il avait changé de vocation, il était moniteur de judo.

— C'était ton moniteur? Il t'a serré la main?

— Il n'a pas semblé avoir gardé de rancune. On a blagué... Ah! il a peut-être eu la tentation de me casser un bras en m'enseignant les nouvelles prises, mais ça n'a pas paru...

Carmen se redresse. Là-bas, son père se faufile à travers la foule grouillante qui assiège le guichet de Loto-Québec.

Il vient vers nous en souriant.

— Je savais que tu serais ici, Carmen. Je voulais t'avertir de ne pas rentrer trop tard. Ton frère est à la maison.

— Manuel?

— Il mange avec nous. Il s'ennuie de la cuisine de sa mère.

À côté du père de Carmen, Robert a la carrure d'un joueur de football. Les deux se saluent. Ils se connaissent un peu. L'agence de détectives utilise fréquemment les services de la messagerie pour laquelle le père de Carmen travaille.

Manuel est l'aîné de la famille. Je l'ai rencontré l'été dernier. Il vit en appartement. En ce moment, il est homme à tout faire dans un snack-bar ouvert vingt-quatre heures sur vingt-quatre. Il coupe les légumes, lave la vaisselle, passe la vadrouille...

— Ton frère a raconté une histoire qui risque de t'intéresser, Carmen.

— Quelle histoire?

— Avant-hier soir, il y a quatre déménageurs, des colosses, qui se sont arrêtés au snack-bar. Même s'ils chuchotaient, Manuel a entendu des bribes de leur conversation. Ils se sont vantés

d'avoir mis le grappin sur un...

— Un piano!?

— Exactement! J'ai fait le lien avec le vol qui a eu lieu à l'école.

— Ils étaient quatre?

La question vient de Robert.

— D'après Manuel, ils étaient quatre, oui...

— C'est bizarre, le concierge a parlé de trois... C'étaient des gars du quartier?

— Ce n'étaient pas des clients habituels, mais il y en a un des quatre que mon fils est sûr d'avoir déjà vu.

Robert prend son carnet pour noter l'adresse du snack-bar.

Je lui touche le bras.

— Je sais où ça se trouve. C'est près de l'ancienne gare.

Carmen est pressée d'aller rejoindre Manuel.

— Viens, papa, on va acheter des pâtisseries!

Ils repartent bras dessus, bras dessous. Robert a tôt fait de décamper à son tour. William, Max et moi, on reste à flâner et à regarder les vitrines.

Près d'un banc, William aperçoit une bouteille qui contient de ce produit transparent que vous mettez sur le cuir pour qu'il garde l'aspect du neuf. L'aspect et l'odeur...

William s'assoit et en badigeonne ses chaussures.

Les narines pincées, Max recule par saccades et il exécute un numéro de danseur de rap. En se trémoussant, il bouscule une vieille femme, mais elle ne perd pas l'équilibre. Les quatre gros sacs de provisions qu'elle tient contre sa poitrine lui servent de pare-chocs.

— Tu pourrais regarder où tu mets les pieds!

— Excusez-moi, madame, c'est la houle...

— Oublie ça. Tu es bien bâti, aide-moi plutôt à porter ça dans l'auto.

— Ne vous inquiétez pas...

— Tes petits cheveux droits sur le crâne ne me font pas peur. Je me sens à l'aise avec les punks, moi. Quand mon mari est revenu de la guerre, les docteurs lui avaient rasé la boule et il avait une cicatrice qui lui allait du front jusqu'à la...

— Je...

— Il n'avait pas besoin de se mettre une épingle dans l'oreille pour avoir l'air

effrayant, lui!

Le Thon se tord de rire. Moi aussi. Max empoigne un des sacs de la femme et nous ordonne de l'imiter.

40

Chapitre IV
Une piste

La travailleuse sociale avait d'abord recommandé à Robert de me dévoiler seulement l'essentiel de son métier.

Détective privé. Dans l'esprit de Bernadette, ces deux mots devaient satisfaire ma curiosité.

Pourtant, un paragraphe de mon dossier me décrit comme un garçon avide de connaissances...

C'est Robert qui, à notre deuxième rencontre, m'a révélé ce détail. J'ai retenu l'expression, figurez-vous. «Jean-Philippe est avide de connaissances. Rêveur, instable, avide de connaissances.» C'est bien moi, ça, non?

Bref, selon l'entente entre Bernadette et les Grands Frères, Robert s'engageait surtout à m'emmener à des compétitions, à des spectacles... Et quand il a réalisé que le domaine des enquêtes me captivait, il a tenté de me décourager.

— La vie de détective n'a rien de palpitant. Les prouesses à accomplir, c'est de la légende, ça! Les filatures sont si monotones... Tu collectionnes les échecs. La plupart de tes succès sont dus à la chance.

— Tu me prends pour une valise!?

J'ai été obligé d'insister, je me rappelle, pour qu'il consente à me faire quelques confidences. Il hésitait beaucoup. Enfin, cette époque-là est terminée. La preuve? Robert collabore avec nous pour éclaircir le mystère de la disparition du piano.

— Si c'est uniquement pour me faire plaisir, Robert, tu peux laisser tomber.

— Tu sais bien que...

— Je te taquine!

Du revers de la main, il essuie la buée qui s'est formée dans la vitre. Il pleuvote. De grosses gouttes viennent s'écrabouiller dans le pare-brise, trop peu abondantes encore pour que ça vaille la peine de faire fonctionner les essuie-glace.

Robert est venu me chercher à la maison.

On roule rue Notre-Dame. Notre destination: le snack-bar de l'ancienne gare. Carmen a promis de nous attendre devant la porte. Robert veut interroger Manuel pour avoir plus de renseignements sur les déménageurs de l'autre soir.

J'apprends beaucoup de choses avec Robert. Lui, il fait comme s'il ne s'en rendait pas compte.

Jamais avec moi il n'adopte un ton de prof. J'apprécie... Remarquez que, cette année, je n'ai pas non plus de profs qui adoptent un ton de prof.

Il m'associe à ses recherches. J'apprends beaucoup de choses avec lui, oui. Ma seule frustration, c'est qu'il m'éloigne dès qu'il y a menace de violence. Si je m'égratignais le petit doigt dans une bagarre, il en ferait une maladie.

— Ne rouspète pas, Phil. J'ai des responsabilités envers toi, envers les services sociaux, envers les Grands Frères...

Quand Robert se prend pour ma mère et qu'il me traite en bébé, moi, ça m'enrage!

Ah! si je vous disais que je suis tout à fait contre la violence, ce serait hypocrite de ma part. Par exemple, je ne déteste pas voir les animaux se faire la chasse. Il y a des films là-dessus à la télévision.

Devant la violence, Max réagit comme moi.

On en a bavardé la semaine dernière après un extraordinaire documentaire sur les grands fauves.

Mais il y a violence et violence, ça, je le sais. Je ne suis pas naïf au point de penser qu'à douze ans je pourrais maîtriser à mains nues un fou armé d'un bâton de baseball et d'une chaîne de vélo!

— Essaye d'éviter de me protéger tout le temps!

— Quoi?

— Rien, Robert, rien...

Pour ruminer ça, je pose les pieds bien à plat sur le tapis de caoutchouc. Je recule le siège en actionnant la manette de droite. Je baisse le dossier de trois centimètres en actionnant la manette de gauche. L'auto de Robert, quel modèle de confort! Je me croise les mains derrière la nuque.

— As-tu déjà vu un mort de près, toi?

— Un cadavre, tu veux dire? Ça m'est arrivé d'avoir à subir ça, oui. Mauvais, très mauvais souvenir... Si c'est un détour pour me redemander de te faire visiter la morgue, oublie ça.

— Ce serait instructif.

— C'est défendu. Défendu. Est-ce

qu'il faut que je te l'épelle? Enfonce-toi dans la cervelle que c'est...

— D-é-f-e-n-d-u.

— Tu n'as pas l'âge requis et je n'ai pas le droit de...

— Arrête, c'est ici!

Robert n'est pas fâché d'interrompre la discussion. Il gare la voiture à deux pas d'une borne-fontaine. Carmen n'est pas devant la porte du snack-bar. Elle a dû aller s'abriter à l'intérieur.

Dans le stationnement, deux promeneurs se querellent tout en empêchant leurs chiens de se déchiqueter le museau. Les bêtes se sont égosillées à japper. Je ralentis le pas. Robert m'entraîne.

Assise au comptoir, Carmen feuillette un journal. Elle a les cheveux mouillés. Que voulez-vous, elle a horreur des parapluies. Elle lève les yeux pour me montrer un grand trou au plafond. Deux jambes pendent dans le vide. C'est tout ce qu'on voit de Manuel qui bricole le conduit d'aération.

Mal rasé, le tablier taché de sauce tomate, le patron sort de la cuisine en titubant. Avec sa cuiller de bois, bang! bang! il tape sur les montants de l'escabeau

pour avertir son employé qu'on est là.

Manuel met un pied sur la marche du haut, se penche et nous aperçoit. Il descend en laissant les tournevis et la lampe de poche sur le plateau de l'escabeau. À contrecoeur, le patron lui accorde la permission de prendre une pause de dix minutes.

— Je ne suis quand même pas un bourreau, bougonne-t-il en regagnant la cuisine.

Comparé à cet endroit, le restaurant où maman travaille comme serveuse est un palace.

Avec Carmen, les présentations se réduisent à l'essentiel.

— Robert... Mon frère Manuel.

On s'installe au comptoir. Il y a une dizaine de clients. Sur la banquette près de la fenêtre, une femme mange. Elle a son bébé sur les genoux.

Le frère de Carmen raconte à Robert la scène dont il a été témoin le soir de la visite des gros-bras.

— Quand ils sont arrivés, les nouvelles commençaient.

Manuel désigne le téléviseur au plafond. L'écran est graisseux.

— Ils étaient trois?

— Non, quatre.

— À l'école, le concierge en a vu trois.

— Ma soeur m'a dit ça. Ici, ils étaient quatre. Il y en a un du groupe que je reconnaîtrais facilement. Il avait un visage familier. En partant, c'est lui qui a pris l'enveloppe.

— Quelle enveloppe?

— Ils ont échangé une enveloppe pleine d'argent.

Je n'écoute le reste que d'une oreille. Je suis distrait par le bébé qui se brûle les doigts sur une frite. La femme lui souffle sur la main. S'il ne pleure pas, ce n'est pas l'envie qui manque.

Un des promeneurs de tout à l'heure entre pour acheter des cigarettes. Son bouledogue est demeuré dehors, attaché à la borne-fontaine. Secouant son parapluie, l'homme arrose la femme par mégarde. Le bébé se met aussitôt à hurler.

Tandis que le promeneur se confond en excuses, je tire le journal jusqu'à moi pour consulter le classement des équipes de hockey. Je tourne les pages et, subitement, Manuel m'agrippe le poignet. Par réflexe, je lui flanque une poussée.

— C'est lui, s'écrie-t-il, c'est le gars qui a pris l'enveloppe pleine d'argent!

Robert et Carmen se penchent sur le journal. Au milieu des colonnes de statistiques, une annonce attire l'attention. COURS INTENSIF DE JUDO. Il y a une photo du moniteur. Il s'appelle Romain Lachance et il est ceinture noire. L'adresse est indiquée en bas. C'est aux limites du quartier.

Romain Lachance est l'ex-moniteur de Robert. C'est lui qui, avec les autres camionneurs, avait organisé le racket pour frauder les assurances.

— J'ai l'impression qu'il a recommencé à faire des siennes.

Plissant le front, Robert soupire.

— Ppppffffftttt!

Fasciné par un son si étrange, le bébé cesse de pleurer.

Chapitre V
Drôle de marché

On est assis, Robert et moi, dans le vestibule de l'école de judo et on attend que le cours s'achève. La radio qui diffuse de la musique country ne couvre pas complètement les bruits de corps à corps qui viennent de la salle d'à côté.

Adossé à un frigo qui aurait besoin d'une couche de peinture, Robert regarde un magazine de cyclisme. Il n'est pas de très bonne humeur. Moi, j'ai apporté mon album sur les bagnes. J'ai lu la moitié d'un chapitre et j'ai du mal à me concentrer sur le texte.

Les murs de la pièce croulent sous le poids des trophées et des plaques. On voit les lézardes du plâtre. À l'intérieur comme à l'extérieur, la vitrine est remplie de photos de Romain Lachance. Je comprends mieux maintenant pourquoi Manuel était si convaincu d'avoir vu ce visage-là quelque part.

— Ce matin, maman a fait allusion à toi... J'aimerais, Robert, qu'on se fixe un moment pour parler.

— Parler?! On fait quoi, là?!

— On devrait se réserver dix minutes, un quart d'heure pour avoir une conversation détendue.

— Je suis détendu, moi!

Je replonge dans mon livre. Robert, qui a conscience qu'il m'a froissé, brandit son agenda.

— Passe-moi ton crayon. Conversation avec Phil. Pardon... Conversation d-é-t-e-n-d-u-e avec Phil. J'inscris ça où?

La porte s'ouvre. Romain Lachance apparaît. Il ruisselle de sueur dans son kimono de coton blanc.

— J'ai trente secondes pour prendre une douche?

Lachance tourne les talons sans nous laisser le temps de répondre. La porte claque et fait tinter les médailles accrochées au mur. J'avale ma salive. Dans ma tête, je compte jusqu'à dix.

— Quand maman a fait allusion à toi ce matin, elle voulait savoir si mes amis étaient contents que j'aie un grand frère. Tu ne l'aurais pas appelée, par hasard, pour lui demander avec qui je me tenais?

— Ce serait de l'excès de zèle! D'ailleurs, les jeunes de ta bande, je les connais. C'est Carmen, Max, William...

— Alors, tu as appelé Bernadette. Et je suppose qu'elle s'est dépêchée d'avertir maman qui a bondi sur le téléphone pour te...

— La travailleuse sociale, Phil, je la contacte deux fois par mois. Ça fait partie du contrat.

— Si tu avais appelé maman, me l'avouerais-tu?

— Ça t'intrigue à ce point-là?

Robert n'aura pas à inventer une histoire parce que Lachance est déjà de retour.

Il est vêtu d'un jean et d'un tee-shirt. Ses souliers craquent. Il s'est recoiffé à la hâte. Les élèves défilent à la queue leu leu pour le saluer. Une courbette et hop! Chacun a sous le bras son kimono roulé en paquet et ficelé avec une ceinture de soie. La majorité des ceintures sont vertes. J'en vois deux bleues.

J'ignore le sens des couleurs en judo, mais c'est évident que les élèves de Lachance ne sont pas des débutants.

Quand tout le monde a déguerpi, La-chance baisse le volume de la radio. Il éteint les néons et allume une minuscule lampe noire.

— Tu règles l'éclairage pour créer l'ambiance la plus propice à la confession?

— Bon, des sous-entendus!

— Les manigances, tu as ça dans le sang! Je t'ai déjà donné ta chance, il me semble... À quoi ça sert de nier, Romain? Tu as volé le piano, on le sait. Toi et tes hommes, vous étiez si excités l'autre soir au snack-bar...

— Je n'ai rien volé. Écoute, Robert, je ne jouerai pas au plus fin. C'est Guillaume, mon associé, qui a planifié ça.

— Ton associé?

— Il a investi dans l'école de judo. Le reste, ça ne me dérange pas. Il a ses affaires, j'ai les miennes. Guillaume n'est pas un criminel... Oh! j'étais au courant du trafic de pianos. J'étais au courant et j'ai fermé les yeux. C'est une gaffe, je l'avoue.

— Fermer les yeux, pauvre idiot, c'est aussi grave qu'être complice!

— Ne tourne pas le fer dans la plaie.

Lachance ne s'adresse qu'à Robert.
Pour lui, je ne suis qu'un enfant. Pire, je
n'existe pas. Si une araignée tissait sa
toile entre deux trophées, il s'en préoc-
cuperait davantage.

Il me fait penser à un copain que maman avait dans le temps, une espèce de
zozo qui se lamentait pour rien. Parfois,
il couchait à la maison. Le matin, à table,
il mettait deux chaises d'écart entre son
bol de céréales et le mien. Et ces deux
chaises-là, c'était comme la distance de
la planète Saturne à la planète Mars!

Une autre chose qui m'agace chez Lachance, c'est qu'il répète une phrase sur
trois. Il a tendance à radoter.

— Si tu n'as pas participé au vol, Romain, raconte-nous donc ce que tu fabri-
quais avec les...

— Guillaume devait me remettre quatre cents dollars pour payer l'électricité. Il
m'avait dit de le retrouver au snack-bar.

— Ah?!

— Quand Guillaume loue un camion
pour aller voler des pianos, il fait aussi
des livraisons. C'est pour ça que lundi il
avait beaucoup d'argent sur lui.

— Des livraisons?

— Il y a un marché immense pour les vieux pianos. C'est incroyable, Robert, le nombre de nouveaux riches qui veulent avoir un piano dans leur salon.

— En somme, tu as rejoint ton associé après le vol?

— Lui et ses gars m'ont appris qu'ils avaient rencontré un concierge extrêmement coopératif. Ils ont blagué là-dessus.

Je prends mon livre de bibliothèque et je m'en flanque un coup sur le crâne.

— C'est logique! Ça explique pourquoi le frère de Carmen a vu quatre déménageurs et que le concierge, lui, en a vu seulement trois!

Robert me touche l'épaule.

— Bien raisonné, Phil.

Lachance constate enfin que je suis là. Robert me présente comme son nouveau petit frère.

— Son nom, c'est Jean-Philippe. Il préfère Phil.

— Me montres-tu ça, Phil, pour me faire réfléchir à ce qui m'attend?

Lachance désigne le livre sur les pénitenciers. Je ris.

Au fond, Lachance n'est pas si antipathique.

— Tu parlais des nouveaux riches, poursuit Robert.

— Ils rêvent d'un ancien piano et ils sont prêts à y mettre le prix. Ça n'a pas d'importance si ça sonne faux, ça n'a pas d'importance si...

— Ce qu'ils veulent, c'est un meuble?

— Oui, et les pianos font des meubles magnifiques. Les écoles en ont toujours un, enterré sous la poussière. Guillaume est catégorique. Lui et ses collaborateurs n'enlèvent rien à personne. Ils débarrassent, ils recyclent. C'est de l'écologie, ça.

— Dispense-nous des discours du genre!

En un an, l'associé de Lachance a volé une trentaine de pianos dans diverses institutions. Et ces institutions en ont sans doute profité pour se procurer des claviers électroniques japonais ultraperfectionnés...

Des trente pianos, il n'en reste que quatre entreposés dans le sous-sol de l'école de judo. Les autres ont été vendus à des commerçants ou à des industriels.

— Bien astiqué, Robert, un piano comme ça vaut dans les...

— Deux mille? Trois mille dollars?

— N'ambitionne pas... J'ai faim, moi. L'exercice m'a creusé l'appétit. Toi, jeune homme, prendrais-tu du gâteau aux carottes?

— Un petit morceau... Euh... vous avez dit aux carottes!? Je ne peux pas, non, je suis allergique.

— Allergique aux carottes? C'est rare, ça... Pour boire, j'ai du lait, du chocolat...

— Du lait, ce sera parfait.

Lachance ouvre le frigo, en sort le gâteau et deux berlingots.

— Je ne rincerai pas de verre...

Il me lance un des berlingots. Je l'attrape d'une main. Robert grince des dents.

— On va être obligés de te dénoncer à la police, Romain. Ça me fait de la peine parce que, crois-le ou non, j'ai de l'estime pour toi.

— Et si je rapportais le piano? propose le moniteur. Mon associé s'en chargerait, j'imagine, sauf qu'il est parti visiter sa famille à Chicoutimi...

— Ça me rappelle un arrangement qu'on a déjà passé, toi et moi.

— Je ne veux pas que tu fasses fermer l'école de judo. Cette école-là, Robert, c'est ma vie!

— Dans ces conditions, commence par rapporter le piano. Ensuite, on discutera de ton cas, Phil et moi, et on prendra une décision.

— Vous vous attendez à ce que je fasse ça quand? Je ne veux pas gueuler, mais ça me prend une équipe, un camion...

— Le plus tôt sera le mieux. Une des copines de Phil a absolument besoin du piano pour s'exercer.

— Lundi?

— O.K. Je me charge de prévenir avec le concierge.

— Non, laisse-nous lui faire la surprise!

Lachance coupe une tranche du gâteau avec le couteau à pain et la garnit de crème fouettée.

— Toi, jeune homme, dit-il en se tournant vers moi... Oh! ça se prononce mal, ça, la bouche pleine. Il faut articuler, sinon on risque de se salir. Toi, Phil, ça t'intéresserait, un cours de judo?

— Gratuit?

— Oui, et je te donnerais même le kimono.

— En quel honneur?

— Tu me fais la faveur de ne pas me

dénoncer à la police. C'est une manière de te remercier.

— Comme discipline mentale, le judo, est-ce que c'est aussi bon que le mime?

— Discipline mentale? Ne charrie pas trop.

— Je pourrais emmener un ami?

— Un? Pas deux, pas trois, pas quatre?

— Un.

— Pas question que tu viennes avec toute ta classe!

— Mon ami s'appelle Max. Il est sourd à soixante pour cent. C'est un passionné du sport, un costaud...

Robert roule le magazine de cyclisme et en frappe le bord de la table une fois, deux fois, trois fois.

— Vous réglez les choses un peu vite, vous deux!

Chapitre VI
Comme chien et chat

L'an passé, tous les chiens du voisinage venaient enterrer leurs os chez moi. Il suffirait de creuser un peu dans la cour pour reconstituer le squelette d'un dinosaure entier. Si jamais vous rencontrez un producteur de cinéma qui cherche un décor de fouilles pour un film d'épouvante, donnez-lui mon adresse.

Avec le printemps, les chiens ont été remplacés par les chats. Eux, le territoire qu'ils se disputent, c'est la languette de gazon qui va de la porte au trottoir. Ils attaquent à l'aube. Leurs miaulements réveillent tout le quartier.

Dernièrement, un gros matou tigré a pris possession du perron. Et, pour faire comprendre aux autres que le secteur lui appartient, il dégobille dans les marches. Comme maman fait la grimace, c'est moi qui nettoie les dégâts avec un vieux torchon.

— Le coeur me lève, Jean-Philippe...

Vous avez déjà vu la gymnastique que font les chats pour vomir à volonté? Ils se transforment en accordéons. Maman a bien raison, c'est dégoûtant.

Ah! si on avait un chat à nous, on aurait la paix parce qu'il ferait respecter son droit de propriété. Un chat ou un chien. Souvent, j'en ai parlé. Peine perdue... Maman est carrément contre l'idée.

— Toi à l'école et moi au restaurant, qui le nourrirait? Ce serait un problème supplémentaire!

— On lui mettrait un bol d'eau et une poignée de nourriture sèche... Tu paniques, là! Le secret, c'est de choisir un animal qui n'a pas besoin d'affection. J'aimerais...

— Tu aimerais...! Moi aussi, Jean-Philippe, il y a une foule de choses que j'aimerais.

La bouilloire siffle. Je la débranche. Une gerbe d'étincelles jaillit de la prise de courant. Il y a de l'électricité dans l'air.

Maman verse l'eau chaude dans la cafetière à piston.

— Laisse-moi au moins terminer. Je disais que j'aimerais...

— Tu changes, Jean-Philippe. Aupara-vant, tu n'aimais rien. Là, tu aimes tous les livres, tu aimes tous les films... Tu aimes jusqu'aux animaux qui rôdent dans la ruelle!

— N'exagère pas.

— Aimer tout, ce n'est pas l'idéal. Quand on aime tout, on finit par détruire son sens critique. La bouche ouverte, on...

— On gobe les mouches. Ton disque est usé!

— Aimer tout, c'est la méthode infail-lible pour...

— Pour devenir épais, oui. Depuis que William t'a entendu sortir cette phrase-là, il nous la répète dix fois par semaine.

— Tu changes, Jean-Philippe, tu chan-ges...

Elle baisse les paupières et met dans son café l'équivalent d'une cuillerée de lait écrémé.

— Blanc ou brun, le sucre?

— Ni l'un ni l'autre, merci.

— Euh... Robert et moi, on a décou-vert qui a volé le piano!

— Mmmmm, mmmmm...

Elle ne bronche pas. Oh! je ne m'atten-dais pas à des félicitations, mais de là à

ce qu'elle reste indifférente!

— As-tu compris, maman? On a découvert qui...

— Avez-vous prévenu la police?

— Rien ne presse. Le bandit n'est pas dangereux. On a vu son associé qui est moniteur de judo.

— Mmmmm, mmmmm...

— On a vu l'associé d'un bandit et ça ne t'étonne même pas!

— Mmmmm, mmmmm...

— Tu as parlé à Robert et tu n'oses pas me l'avouer! Pourquoi tu te mêles de ma vie privée? Tu sais bien que je ne tolère pas ça! Tu as parlé à Robert!

— As-tu peur que je lui fasse du charme?

— De grâce, maman...

— Il n'apprécie pas les femmes, ton détective? Il est plus à l'aise avec les adolescents?

— Il a une blonde, Anna, la même depuis quatre ans...

— Qu'est-ce que ça prouve? C'est un exploit?!

— Je te résume la situation. Robert veut un enfant. À cause de sa carrière de pharmacienne, Anna n'est pas pressée. Alors, Robert écrit aux Grands Frères. Ça tombe pile: Bernadette vient juste d'envoyer mon dossier chez eux. Ah! toi et tes histoires...

— Je te rappelle que tu n'as que douze ans et que j'ai la responsabilité de...

— Lâchez-moi avec ça! La responsabilité, la responsabilité! On dirait que, toi et Robert, vous faites un concours de responsabilité.

— Si je m'inquiète, c'est parce que je suis attachée à toi.

— Attachée? Tu serres trop la corde, maman...

— Dépêche-toi de vieillir!

— Si j'étais toi, je n'insisterais pas là-dessus. Quand tu as eu trente ans, tu t'es enfermée dans ta chambre et...

— Je t'en prie...

— Tu t'es enfermée et tu as braillé pendant trois jours. Heureusement que tu avais fait une provision de bouteilles d'eau minérale parce que tu te serais déshydratée!

Elle s'étouffe en avalant. Elle n'est pas fâchée, non, elle rit. Elle rit et elle tousse. Elle a les larmes aux yeux. Les veines de son cou sont saillantes. Je lui tape dans le dos. Ouf! elle a vraiment pris une gorgée de travers. Elle se lève pour vider le fond de sa tasse dans l'évier. Je lui tends le linge à vaisselle.

— Ce n'est pas aujourd'hui, toi, que ta classe visite le planétarium? marmonne-t-elle en regardant l'horloge.

71

— Je ne prends pas l'autobus. Je me rends au centre-ville par mes propres moyens. Je peux donc partir plus tard.

— Tes propres moyens?

— Le métro!

— À ta guise...

Je range dans mon sac mon sandwich aux oeufs, mon cheddar extra-fort, mon céleri, ma pomme, mon yogourt au miel ainsi que mon livre sur les bagnes et mon cahier quadrillé. On va avoir des sections du ciel à dessiner.

Ouais... Je suis obligé d'admettre que j'ai eu tort de penser que maman et Robert s'étaient consultés à mon sujet. Robert fait son affaire et maman fait la sienne. Il y a des indices que j'ai mal interprétés. J'ai honte d'avoir été si méfiant.

— Maman...

Pour me racheter, je lui suggère d'inviter Robert à venir manger chez nous, dimanche prochain.

— Doucement, là... Au restaurant, l'horaire de novembre n'est pas encore affiché. Dimanche, c'est possible que je travaille toute la journée.

Elle se fait tirer l'oreille. Bah! c'est de bonne guerre...

Debout dans le métro, j'admire les images de prisons qu'il y a dans mon album. Sentant que quelqu'un lit par-dessus mon épaule, je me retourne. L'homme a une cinquantaine d'années et il porte un complet gris. Immédiatement, il fait semblant de s'absorber dans les pages financières de son journal.

Allons, monsieur, ça m'est égal que vous lisiez mon livre!

Chapitre VII
Le concierge s'énerve

Le dix roues s'engage en klaxonnant dans l'entrée principale. C'est Romain qui est au volant. Nous, on suit en voiture. Robert paraît nerveux. À voir ses doigts battre la mesure sur le tableau de bord, je peux vous garantir que la musique qu'il entend dans sa tête est beaucoup plus rythmée que celle qui joue à la radio!

Il m'a permis d'assister au retour du piano à l'école.

C'est sa façon de me montrer qu'il me pardonne ma conduite des jours derniers.

— Tu es parano, Phil. Crois-tu que j'ai le temps d'appeler ta mère pour qu'elle me fasse le compte rendu de tes activités?!

— On efface tout, Robert. On efface tout et on recommence.

Le concierge sort et s'avance en traînant légèrement la patte. Il reconnaît aussitôt les deux gaillards de l'autre soir. Oui, ce sont ses voleurs. Ébahi, il fait volte-face.

Robert se précipite derrière lui.

— Ne courez pas, attendez, attendez...

Il le rattrape devant la porte.

— Vous voulez avertir la directrice? C'est inutile. Les déménageurs se sont aperçus qu'ils avaient commis une erreur.

— Une erreur? J'ai mon voyage!

Il tente de reprendre son souffle.

— Lundi passé, mes gars se sont trompés d'école, plaide Romain. Excusez-nous pour les désagréments.

— Une erreur? répète le concierge, les yeux écarquillés.

— On rapporte le piano. Vous avez votre trousseau de clés?

— Votre figure me dit quelque chose. Ah! vous avez ouvert l'école de judo qui...

— C'est vrai, confirme Romain.

Robert met la main sur l'épaule du concierge.

— Soyez tranquille, tout ira bien.

Tandis que les compagnons de Romain se mettent à la tâche, Max arrive à vélo. Il nous adresse un salut et s'appuie contre une colonne pour surveiller le déroulement des opérations.

Robert branle la tête.

— Ton copain est effronté comme un cochon maigre!

— Je ne comprends pas.

— Vieille expression... Le cochon maigre a plus d'audace que le cochon gras. Trop maigre pour qu'on en fasse du jambon, il n'a pas peur du boucher. C'est ça qui le rend effronté.

— Max est le seul de mes amis que j'ai mis au courant de ce qui allait se produire. Il est discret. Insolent mais discret.

— Et Carmen?! Tu ne lui as pas glissé un mot du retour du piano?

— Non. On s'est croisés en vitesse au planétarium. Au fond, tout ce qu'elle souhaite, elle, c'est continuer ses leçons... Es-tu sûr que c'est le même?

— Le même quoi?

— Le même piano. Celui de l'école a pu être vendu.

— Je suis comme toi, Phil, je me fie à Romain. Et je sais que, si ce n'est pas le même, cet instrument-là est au moins d'aussi bonne qualité que l'ancien.

— Sincèrement, ce ne sera pas difficile. L'ancien avait un son de casserole. Carmen s'en plaignait souvent.

— Il n'est pas abîmé, le vernis brille...

Au moment où Robert prononce ces mots, une roue du chariot se coince et le piano vient tout près de basculer.

— Oups! s'écrie Max.

Les deux hommes corrigent la manoeuvre.

— L'éclairage n'est pas fameux, observe Romain, on voit mal les crevasses du ciment.

À l'intérieur, Max et lui font connaissance. Il est question des cours de judo. Max est emballé par la proposition de Romain. Il trépigne de joie. Instinctivement, il relève sa chemise et se gratte le nombril. Je le dévisage. Il me sourit en retroussant les babines.

— Se gratter c'est meilleur à même la peau qu'à travers le tissu.

Oui, Max est effronté comme un cochon maigre!

Trois minutes suffisent pour installer le piano dans la salle de musique. Romain extrait de sa poche un papier rose qui, bien qu'il soit froissé, a l'air très officiel. Il demande au concierge d'y poser sa griffe.

— Ma griffe?

— Vos initiales... C'est la preuve que vous avez pris livraison de la marchandise.

Robert s'efforce de garder son sérieux.

Le concierge frotte ses lunettes et signe le formulaire.

— On va manger un morceau? dit Robert en s'acheminant vers la voiture.

— Excellente idée!

Les déménageurs doivent ramener le camion à l'agence de location avant la fin de la soirée. Il n'y a que Romain qui accepte de venir avec nous.

— Max, mets ta bicyclette dans le coffre et assieds-toi en arrière avec Phil. Romain, toi, tu montes en avant.

Un quart d'heure plus tard, on prend place au comptoir du snack-bar de la gare. Manuel est occupé à rincer des tasses. Il a reconnu Romain, mais il hésite à le saluer.

— J'ai réussi à rafistoler le conduit d'aération, déclare-t-il à l'intention de Robert.

En effet, on entend le ronron du moteur caché derrière les tuiles du plafond.

Max se distingue en commandant un steak tartare. Tout pour voler la vedette... La serveuse mord le bout de son crayon.

— C'est au menu, ça?

— Apportez-moi de la viande, je vais m'arranger.

— De la viande crue!?

Le patron envoie Manuel chercher du steak haché dans le frigo. Il est couvert de frimas. Max l'inonde de ketchup et il l'engouffre en trois bouchées. J'entends

les cristaux de glace qui croquent sous ses dents.

Pour essuyer son assiette, il me pique une frite, une grosse frite avec de la pelure, une frite infirme... Il s'apprête à m'en piquer une autre quand brusquement la porte s'ouvre.

Deux policiers font leur entrée. Je les vois dans le miroir fixé au-dessus du grille-pain géant. Il s'agit d'un policier et d'une policière, les deux dans la vingtaine.

— Romain Lachance?... Vous êtes en état d'arrestation. Je vous conseille de nous suivre au poste sans opposer de résistance.

Romain se lève de son tabouret.

— Ma foi, le concierge a dû se ruer sur le téléphone!

C'est son unique commentaire. On entend un fracas de vaisselle. Manuel plonge dans l'évier un bac de tasses sales.

Le patron hausse les épaules.

Je donne un coup de coude à Max.

— Adieu, kimono!

Il me regarde, dépité.

— Les policiers avaient pourtant dit à la directrice qu'ils étaient débordés, non?

— Pure tactique de leur part!

Chapitre VIII
Tout
est dans le dictionnaire

Il y a des images de ma mère que je conserve dans ma mémoire avec beaucoup de ferveur. Une de mes favorites remonte à quand j'avais deux ans.

Je venais de finir ma sieste et maman s'approchait de moi. Elle avait de la farine partout sur sa blouse. Elle en avait aussi dans la figure. Je me souviens qu'elle faisait de gigantesques gâteaux pour les fêtes du quartier. Elle s'inclinait pour m'embrasser. La farine tombait en neige dans mes cheveux. J'étais ravi.

Eh bien! tout à l'heure, j'ai eu un flash identique, un flash qui m'a plongé dix ans en arrière.

En ouvrant les yeux, j'ai vu maman en train de me secouer. Les rayons de soleil s'infiltraient, minces et pâles, à travers les lames du store. Et les particules de poussière qui flottaient dans la chambre avaient un aspect floconneux.

— Debout, Jean-Philippe, tu vas être en retard.

— On est déjà le matin? Les chats n'ont même pas miaulé!

Ordinairement, je n'ai besoin de personne pour me tirer du lit. J'ai un réveil dans le cerveau. À sept heures, il se déclenche. Bbbbbzzzzz... Ne me demandez pas s'il fonctionne avec une pile à globules blancs ou une pile à globules rouges.

J'ai eu un sommeil très lourd. Pas facile à digérer, la bouffe d'hier soir! Surtout que la police y a mis son grain de sel. J'ai dormi comme une masse.

Max, lui, a dû se tortiller dans ses draps. Dévorer un steak cru avant de se coucher, c'est s'exposer aux cauchemars saignants. J'ai hâte de le voir au cours de français. Il va sûrement avoir les traits tirés. Il a décidé de jouer les durs devant Robert, tant pis pour lui! J'ai beau ne pas être jaloux...

— N'oublie pas, Jean-Philippe, de verrouiller la porte. Moi, je retourne me coucher.

— Repose-toi, maman, repose-toi...

Je ne lui parle pas de l'arrestation de Romain Lachance. Ça l'inquiéterait pour rien. Je prends une longue douche. La salle de bains se remplit de vapeur. À travers le nuage de brume, les robinets ressemblent à des périscopes.

Moi, en retard? Au contraire, j'ai cinq minutes d'avance.

J'en profite d'ailleurs pour appeler mon grand frère.

— Allô! Robert?

— Il n'y a pas de Robert ici.

— Excusez-moi, madame, je me suis trompé en...

— Mets-toi donc les yeux en face des trous, le jeune!

La bêtise en personne! J'appuie sur le bouton jaune, celui qui refait automatiquement le dernier numéro composé. Gadget pratique, ça...

Comme de raison, c'est la même voix qui me répond.

— L'erreur est humaine, madame. Méditez ça dans vos loisirs!

Clac! je lui raccroche au nez. Je laisse s'écouler quelques instants. Quand je rejoins Robert, mon pouls est redescendu à la normale.

— J'allais partir, Phil, j'ai rendez-vous avec un client.

— Je n'ai pas une éternité non plus...
As-tu digéré tes frites?

— Plus ou moins. J'ai écouté du blues

jusqu'aux petites heures du matin... J'espère que Romain va retenir la leçon et qu'à l'avenir il va se servir de sa jugeote avant de...

— D'après toi, il va être condamné?

— La sentence sera plus sévère pour Guillaume, son associé. À propos, il a été capturé, celui-là. J'ai entendu la nouvelle à la radio. La police est sur les traces des deux autres voleurs. Euh... Si Romain a un bon avocat, il ne fera peut-être pas de prison.

— Ça m'écoeure que la soirée ait fini de façon aussi plate!

— Tu regrettes le cours de judo qu'il t'avait promis?

— Romain était devenu quelqu'un d'honnête!

— Là, tu charries... Les pianos volés étaient au sous-sol, il connaissait les combines de son associé et il gardait le silence.

— C'était par loyauté pour Guillaume!

— Par loyauté!? À la première occasion, Phil, on aura une discussion sur ce qui est loyal et sur ce qui est honnête.

— En attendant, Robert, maman devrait bientôt t'inviter à manger à la maison... Si j'étais toi, je prendrais mes précautions et j'amènerais Anna.

— On verra, Phil, on verra...

À l'école, tous les élèves savent que le piano a été récupéré et que le chef de bande, un moniteur de judo, s'est fait pincer par la police... Le chef de bande, un moniteur de judo? Plus la rumeur est fausse, plus elle se répand vite.

J'aperçois Carmen en conversation avec des filles de la classe. J'ébauche un bonjour. Elle gonfle les joues, pousse un soupir. Cette mimique fait ressortir sa cicatrice et elle aurait intérêt à l'éviter.

Quand elle jase avec ses copines, elle me traite de haut. Elle m'élimine alors de son champ de vision, pour me faire comprendre que je la fatigue.

Max a noté le même phénomène. Carmen n'a pas de plus vieux amis que Max et moi. Malheureusement, elle a tendance à penser que les vieux amis, c'est seulement bon lorsqu'on n'a personne d'autre à qui parler. Charmante conception de l'amitié!

Oh! pour être franc, j'admets que c'est un peu ma faute si ce matin elle fait l'indépendante. Son frère Manuel lui a sans doute raconté ce qui est arrivé au snack-bar. Elle me boude parce qu'elle aurait voulu être à l'école au retour du piano.

J'imagine que j'en ai pour trois ou quatre semaines avant de ravoir le droit de me remplir les poumons du parfum de la prof. Cet hiver, va-t-elle encore sentir la lotion à bronzer, celle-là? Luttant contre ma fierté, je fais un pas en direction de Carmen.

— Mets-toi à ma place.

— À ta place?! Aujourd'hui, Phil, je n'ai même pas envie de me mettre à ton niveau!

— Essayes-tu de m'insulter?!

Au lieu de me chamailler avec elle, je cours me réfugier à la bibliothèque. Le Thon est adossé à un calorifère, une B.D. d'aventures serrée sur sa poitrine. Les yeux parsemés d'étoiles, il ne remarque pas ma présence.

Quand il vient ici, c'est moins pour se documenter sur les matières au programme que pour se pâmer devant Carole. Il n'y a pas de plus jolie bibliothécaire dans toute l'île de Montréal!

William le lui a dit un après-midi qu'elle lui expliquait le fonctionnement

de la visionneuse. Max a été témoin de la scène. Il était loin d'eux, mais comme il est capable de lire sur les lèvres, il a saisi l'essentiel. Carole a d'abord eu un petit rire crispé. Puis elle est restée figée cinq secondes, les bras ballants.

Je me rends dans la section des dictionnaires pour vérifier l'origine du mot BAGNE. J'ouvre en même temps le *Larousse* et le *Robert.* J'aime consulter plusieurs volumes pour comparer les informations.

L'auteur de l'album sur les pénitenciers avait raison. BAGNE et BAIN ont la même racine. Oh! moi, je préfère être dans le bain que dans le bagne. D'après ce que j'ai pu constater, les déménageurs de pianos aussi...

Soudain, Carole se penche sur mon épaule. Que va-t-elle me proposer cette fois comme ouvrage de fiction?

— Le dictionnaire est un livre fascinant, Phil. En un sens, il contient tous les autres livres.

— En pièces détachées, oui!

Elle hoche la tête.

J'avoue que je suis plutôt content de ma réplique.

Table des matières

Achevé d'imprimer
sur les presses de Litho Acme Inc.